全國高等院校古籍整理研究工作委員會重點項目

浙江大學「211工程」三期「古代文化典籍整理、研究與保護」項目

義烏叢書編纂委員會
浙江大學浙江文獻集成編纂中心 編

栗園詩草

〔清〕陳元穎 著
汪少華 點校

中華書局

圖書在版編目(CIP)數據

栗園詩草/(清)陳元穎著;汪少華點校. —北京:中華書局,2020.6 (2024.5 重印)
(義烏叢書・義烏往哲遺著叢編)
ISBN 978-7-101-12606-8

Ⅰ.栗… Ⅱ.①陳…②汪… Ⅲ.古典詩歌-詩集-中國-清代 Ⅳ.I222.749

中國版本圖書館 CIP 數據核字(2017)第 131681 號

書　　名　栗園詩草
著　　者　〔清〕陳元穎
點 校 者　汪少華
叢 書 名　義烏叢書・義烏往哲遺著叢編
責任編輯　齊浣心　許旭虹
責任印製　陳麗娜
出版發行　中華書局
(北京市豐臺區太平橋西里 38 號　100073)
http://www.zhbc.com.cn
E-mail:zhbc@zhbc.com.cn
印　　刷　三河市中晟雅豪印務有限公司
版　　次　2020 年 6 月第 1 版
2024 年 5 月第 2 次印刷
規　　格　開本/880×1230 毫米　1/32
印張 4¼　插頁 2　字數 75 千字
國際書號　ISBN 978-7-101-12606-8
定　　價　78.00 元

義烏叢書學術委員會

主　任　安平秋

副主任　張涌泉　吴　格

委　員（按姓氏筆畫爲序）

王雲路　張英聘　馮春生　樓含松　盧敦基

義烏往哲遺著叢編編委會

主　編　張涌泉　樓含松

義烏叢書編輯部

主　編　吴小鋒

副 主 編　周大富

成　員（按姓氏筆畫排序）

毛曉龍　金曉玲　施章岳　孫清土　張建鵬　張興法

傅　健　賈勝男　趙曉青　鄭桂娟　樓向華　劉俊義

潘桂倩

本書執行編輯　施章岳　趙曉青

總序

汩汩義烏江，從遠古流來，流過上山文化，流經烏傷古縣，流入當今小商品之都，流成一條奔涌着兩千兩百餘年燦爛文明浪花的歷史長河。

義烏江流域，山川秀美，物華天寶，文教昌盛，地靈人傑。自秦王政始置烏傷縣，兩千兩百多年的歷史時期，勤勞智慧的義烏人在此耕耘勞作，繁衍生息，改造山河，創造了璀璨的歷史文化。

義烏地方文化，是中華民族文化的組成部分，因其獨特的地理環境和歷史原因，又具有自身鮮明的特徵。

義烏文化的獨特性，體現在「勤耕好學、剛正勇爲、誠信包容」的義烏精神裏，體現在「崇文、尚武、善賈」的義烏民俗裏，體現在「博納兼容、義利並重」的義烏民風裏。義烏精神及民風、民俗遂成爲源遠流長的中華民族文化之泓泓一脈，成了中國歷史上不可或缺的一頁。千百年來，義烏始終在傳承着文明，演繹着輝煌，從而使義烏這座小城魅力無限。

義烏自古崇尚耕讀，特别是唐代之後，學風漸盛，素有「小鄒魯」之稱。自宋以來，縣學、社學、書院及私塾等講學機構多有設立，而「莅兹土者，莫不以學校爲先務」。故士生其間，勤奮好學，蔚成風氣，學有成就，燁燁多名人。並且，輻射出巨大的文化能量，不僅本地名儒代有，在浩浩學海與宦海中大展宏圖，而且還活動過、寄寓過數不勝數的全國各地的文化名人，從文人學者到書家畫師，從能工巧匠到杏林名家，其生動活潑的文化創造與傳播，綿延不絶的文化承續與傳遞，從來没有湮滅或消沉過。在博大精深的中華文化領域裏獨樹一杆頗具特色的義烏文化之幟，在優雅千載的儒風中誕生了許多屹立於中華民族之林的英傑。也正是文化底蕴的深厚與文化内涵的博大，造就了令人神往的義烏，使其作爲中華文化淵藪的鮮明形象而歷久彌新。

歷史，拒絶遺忘，總要把自己行進的每一步，烙在山川大地上。

時間逝而不返，它帶走了壯景，淘盡了英雄，留下了無數文化勝迹和如峰的聖典。只有在經過無數教訓和挫折之後的今天，人們才逐漸認識到作爲一個複雜系統的組成部分，城市的各要素所具有的種種不可替代的價值和功能，它們飽含着從過去傳遞下來的信息，而《義烏叢書》正是記録這些信息的真實載體。

歷史是無法割斷的，許多古老的文化至今仍然在現實生活中發揮着重要作用。當我們向現代化的目標邁進時，怎樣繼承古老文化的精華，剔除其封建糟粕，在傳統文化的基礎上建立社會主義新的文化格局，是一個擺在我們面前與物質生産同等重要的任務。

一位哲學家曾經説過，哲學就是懷着鄉愁的衝動去尋找失落的家園。今天，我們正處於一個重要的歷史性轉折時期，越來越多的有識之士也開始意識到，對民族民間文化源頭的追尋迫在眉睫。鑒於此，我們編纂出版《義烏叢書》，具有深遠的歷史和現實意義：

搶救文化典籍，古爲今用　文化典籍中的善本古籍，是前人爲我們留下的實貴精神財富和歷史見證，極富文獻價值和文物價值。義烏歷代文士迭出，著述充棟。這些歷經滄桑而幸存下來的「國之重寶」，或出於保護的需要，基本封存於深閣大庫，利用率甚低；或由於年代久遠，幾經戰亂，面臨圮毁。如今，《義烏叢書》編纂工作的啓動，爲古籍的保護與使用找到結合點，通過影印整理，皇皇巨著擺除世紀風塵，使其化身千百，爲學界所應用，爲大衆所共享；同時，原本也可以得到保護。真可謂是兩全之策，是爲民族文化續命，是爲地方文化續脈。

繼承傳統文化，發揚光大　在義烏歷史上，有許多人文典故值得挖掘，有許多可歌可泣的先進事迹值得記載。撥浪鼓文化需要傳承，孝義文化值得發揚，義烏兵文化應予光大。但由於歷史上的義烏是個農業縣，文化底蘊雖然深厚，載入史册的却寥若晨星。而深厚的歷史文化傳統能孕育和產生强大的文化力，能爲塑造良好的城市形象提供重要基礎，這種文化力所形成的精神力量深深熔鑄在城市的生命力、創造力和凝聚力中，是推動城市經濟和社會進步的內在動力。因而，《義烏叢書》編纂者堅持傳統文化與現代文化相銜接，精英文化與大衆文化相兼顧，創作出義烏歷史上從未有過的文化系列叢書，既是精神文明建設的需要，也是物質文明建設的需要。

追溯文化發源，承前啓後　義烏經濟的發展，並非無源之水，無本之木。「參天之木，必有其根；環山之水，定有其源。」義烏發展的文化之源、義烏商業的源流之根、義烏文化圈的形成特質，包括宋代事功學説對義烏「義利並重、無信不立」文化精神的影響，明代「義烏兵」對義烏「勇於開拓、敢冒風險」文化精神的影響，清代「敲糖幫」對義烏「善於經營、富於機變」文化精神的影響等。因而，如何用文化來解讀義烏，也成了《義烏叢書》的重要組成部分。

廣義的文化幾乎無所不包，狹義的文化基本限於觀念形態領域。從以上包含的內容可看出，《義烏叢書》對「文化」的界定，似乎介於廣、狹之間，凡學術思想、哲學原理、科技教育、文學藝術等多個類别與層次，均在修編範圍之内。

幾千年歲月藴蓄了豐贍富饒的文化積澱。面對多姿多彩、浩瀚博大的義烏文化形態，我們感受到了其内在文化精神的律動。

保存歷史的記憶，保護歷史的延續性，保留人類文明發展的脈絡，是人類現代文明發展的需要。如今，守望歲月的長河，我們不能不呼籲，不要讓義烏失去記憶。

《義烏叢書》卷帙浩繁，她集史料性、知識性、文學性、可讀性、收藏性於一體，以翔實的史料、豐富的題材、新穎的編排，全景式地再現了江南「小鄒魯」的清新佳景和禮儀之邦精深的内涵。走進她，就是走進時間的深處，走進澎湃着歷史的向往和時代的潮音的實地，去領略一個時代的結束，去見證另一個時代的開始。宏大精深的傳統文化曾經是，也將永遠是義烏區域文化賡續綿延的基石，也是義烏繼續前進乃至走在全省、全國前列的力量。在建設國際商都的進程中，搶救開發歷史文化遺産，掌握借鑒先哲遺留的豐碩成果，是全市文化學術界的共同期盼。因而，編纂這套叢書既是時代的召喚，也是時勢的需要。

習近平總書記近年來一直强調，文化自信是更基礎、更廣泛、更深厚的自信。我們認爲，地方文化是中華文化的本質特徵和根本屬性，是中華文化的重要代表。我們對地方文化源頭的追尋，正是爲了堅定我們中華文化的自信。這也正是我們編纂出版《義烏叢書》的主旨與意義所在。

義烏叢書編纂委員會

目録

前言

《栗園詩草》一卷，清陳元穎（一八二六—一八七七）撰。元穎字栗園，義烏人。父熙晉，歷官貴州知縣、湖北知府，所至有政聲，博學能文，名列《清史稿·儒林傳》。元穎爲其次子，幼承家學，擅長詩和古文辭，不喜作八股文，不願科舉應試，性情疏懶，喜好吟詩作詩。成年後納資爲縣丞，授貴州銅仁縣省溪長官。咸豐元年（一八五一），父親去世，歸家居喪，遂無意仕進。同治元年至十二年（一八六二—一八七三）間，家鄉遭兵燹，家境貧困，幾乎無法生存。同治初年，兩度前往楚、粵，投靠親戚，皆不遇，怏怏而返。元穎讀萬卷書，行萬里路，見聞廣，有才識。久居粵東，見西方諸國重工藝，善製器，軍火以外，有魚雷、火車、輪船，而中國崇尚文辭，一旦交戰，區區筆陣不足以横掃千軍，因而不贊同爲博取功名而致力於科舉。可惜雖有遠見卓識，始終不獲大用，僅以詩人終其身，五十二歲卒於家。《栗園詩草》

一卷，收録五言律詩七十八首、七言律詩一一七首、五言絶句二首、七言絶句九十八首，附録詞二首。黄侗輯入《義烏先哲遺書》。黄侗（一八七三—一九三九），字曉城，號無知氏，義烏人，清末科秀才，同盟會會員。歷任浙江省第二届議會議員、省統税局長、省會警察局秘書、華洋義賑會委員，著有《義烏兵事紀略》。

《中國叢書綜録·總目》著録《義烏先哲遺書》，遺漏《栗園詩草》一卷。此次整理，以復旦大學圖書館藏一九三三—一九三五年義烏黄氏鉛印本《義烏先哲遺書》爲底本（封面上有字樣：義烏縣應徵浙江省文獻展覽會出品。應徵者姓名及住址：義烏城内黄侗）。底本中的异體字均改为規範字，古今字、俗體字原則上保留底本文字原樣，不作改動。

黃侗識語

壬申九月三日，爲余六十初度，故鄉親友醵金爲壽。辭不獲已，遂將是項收入移作印書費。蓋吾邑近百年間，鄉先生之有著述者，除陳西橋太守、朱竹卿聘君、朱蓉生侍御業已梓行外，所有其他詩文集亦復不少。徒以後起無人，每多湮没，良可慨也。現擬陸續印行，冀存地方文化於萬一。而又苦壽金所入爲數無多，不濟於事。兹有内侄駱和笙在首都充法部秘書，交游頗廣，登高而呼，四山皆應，所籌款項約占全部印刷費四分之三。余既得此大宗，則家藏先正遺文儘可悉數付印，此實吾生平一大快事，特志之以爲紀念。至襄校事最得力者，則爲老友吴君鏡元也。癸酉黃侗識。

序

余幼時聞先大夫堯卿府君言：陳栗園先生讀萬卷書，行萬里路，聞見既廣，才識不同。時當清穆宗同治末年，國家中興，偏重文教，朝廷仍以制藝取士。邑中諸子爲科名計，咸致力於時文。先生獨不謂然，嘗告先君曰：吾居粵東久，見泰西諸國重工藝，善製器，軍火以外，戾於天者有氣球，時未有飛機。潛於淵者有魚雷，即今潛艇之濫觴。行於陸者有火車，游於水者有輪船，其技術之巧，誠非思議所能及。而我國方以文辭相尚，一旦有事，恐區區筆陣不足以横掃千軍。君方盛年，且有才略，异日必通顯，平時私淑，當求有用之學，勿徒效冬烘先生作一二篇濫墨卷，即謂能事已畢也可。先君偉其言，遂向滬上製造局購西藝新書二十餘種，三餘有暇肆習及之。今吾家所藏《科學原本》，皆六十年前由先生指示所得之書也。時曾文正公設製造局於上海，延聘中西通儒譯聲光化電等書數百种，以饗國人。光緒丁丑，先生示疾，先君往視之，乃瞿然曰：『吾生平無所長，死何足惜！惟篋中有《詩草》數帙，爲吾畢生心迹所寄。吾既死，子且幼，無人爲之收藏，殊不瞑目。』先君慰之曰：『脱不諱，吾當負責。倘有寸進，必爲梓行，君其毋憂。』先生聞是言，在病榻中，以手加額者再。後六年，先君獲科第。又十年，登仕版。雖非通顯，不得謂無寸進也。乃遠宦巴蜀，情同謫戍，且殁於成都，刊刻《詩草》之言，卒不能踐，此實先君最痛心之事。今吾獲友朋資助，得以印成是編，雖爲先生存遺著，實爲先君償夙諾耳。惟先生具有遠識，不獲大用，僅以詩人終其身，天乎？命乎？抑國家有負於人乎？昔杜工部具命世才，而以天寶喪亂，莫可展布，致千載下僅以詩聖名，不誠與先生有同慨歟？民國二十二年十一月十八日同里後學黄侗撰。

陳元穎傳

民國二十二年十一月同里後學黄侗撰

陳元穎，字栗園，義烏人。父熙晋，清嘉慶間優貢，歷官貴州州縣、湖北知府。所至有政聲，博學能文，《清史》列《文苑傳》，著有《春秋規過考信》《春秋述義拾遺》《古文孝經述義疏證》《帝王世紀》《貴州風土記》《黔中水道記》《宋大夫集箋注》《駱臨海集箋注》《日損齋筆記考證》《仁懷廳志》《征帆集》《文集》等書行世。元穎其次子也，幼承家學，於書無不讀，工詩、古文辭，獨不喜作制藝，不課舉子業。弱冠後納資爲縣丞，需次貴州，授銅仁縣省溪長官。咸豐元年辛亥，父殁，奉諱家居，遂無意仕進。性疏懶，好吟咏。壬戌癸酉間，邑遭兵燹，家貧甚，幾無以自存。一日晨起，妻張氏令其拾薪助爨，向晚不歸，其妻往視之，乃抱膝林下，口喃喃作《梁父吟》矣，其奇僻每如此。同治初年，兩游楚粤，往依所親，皆不遇，怏怏而返。年五十二，卒於家。著有《栗園詩草》一卷。

五言律

庚戌登岳陽樓

浩浩復飄飄，魂飛不可招。層樓淩灝氣，高浪蹴雲霄。緬想千秋迹，威遲萬里橈。凭欄莫長嘯，天半颯風飆。

諸將

桀帥來江左，張遼擅重名。全師征遠道，一哄失雄城。苦事搜民物，甘心助寇兵。赤眉纔數百，忍令日縱橫。張玉良按：提督張玉良在江南頗有威名，自張國樑大營失敗後，軍心涣散，已不可用。浙撫王有齡誤信昔日餘威，招使來浙，倚爲長城。咸豐辛酉，粵匪入浙，衢州吃緊，令其赴援。兵至蘭溪，逗留不進，日以搜括爲事。蘭溪民團素稱勇敢，見官軍懦怯，頗輕之，兵民時有衝突，且致仇殺。玉良憤退，次嚴州。蘭溪陷，玉良修前郄，襲民團，女埠上下七十餘里焚毁殆盡，蘭溪人民避難於嚴東關江中者千有餘艘，同被殺掠。前知府程公兆綸往諭之，亂兵戕其幕友，玉良不能制。

克復期專閫，長驅憚合圍。遷延成賊勢，畏葸失戎機。狼虎千群合，蟲沙一戰揮。巧遲輸拙速，流毒遍封圻。文瑞

按：咸豐十一年四月十九日，金華失守，浙東大震。撫軍王有齡宴諸將，問孰往援，皆默不應。獨文瑞請行，遂率兵八千渡錢江，經諸暨、浦江至距金華六十餘里之孝順鎮，不復進，逗留月餘。賊大至，其前鋒曾得勝不戰而潰，瑞乃挈全軍由義烏走諸暨，義烏陷，此爲辛酉五月三十日也。六月初一，賊忽弃義烏回金華，瑞又移兵至浦江，其前鋒劉嘉玉紮五路嶺，賊至不能禦，遁入城，浦江被圍，援絶，瑞縋城出，浦江陷，義烏再陷，此爲辛酉八月廿四廿五等日也。

重圍需壯拯，掃境屬元戎。一戰全軍潰，連城大局空。虛聲誤殷浩，失律挫房

公。白馬橋頭水，潺湲恨不窮。饒廷選

按：文瑞被圍於浦江，飛書告急，撫軍王有齡檄饒廷選由嚴州赴援，戰於白馬橋，大敗。瑞知援絶，縋城而遁，浦江陷，諸暨隨陷，浙江上游重險盡失。十月，省城不守。

潰兵方再振，寇退復旋師。但解輕爲遁，何曾重可持。交鋒無格鬥，奔命轉傷夷。他日嗟東市，聲名久已隳。米興朝

按：米興朝本已革提督，因文瑞奉檄援金華，爲言於撫軍王有齡，准其隨軍效力。有齡許之，遂與吴再升、曾得勝等領兵爲文瑞後繼。及辛酉五月三十日，文瑞潰，義烏陷，興朝等兵尚在諸暨，逡巡不進，謂爲兵士畏暑。至六月初一，賊弃義烏回金華，文瑞進駐浦江，興朝等始入義烏，逗留兩月餘。八月，賊大至，不戰而退，走東陽，轉諸暨，回省垣。十月，省垣陷，王有齡殉難，興朝與革職布政使林政祥降賊，僞忠王李秀成嘉王有齡殉國之忠，如禮棺斂，命興朝、政祥二人護送靈柩至上海安厝，以成其志。時浙江新撫軍左宗棠兵抵衢州，軍威大振。興朝與左公有姻誼，遂偕政祥繞道來衢，希圖復用。左公惡其降賊，留置軍中，請旨處決。政祥知不免，先仰藥，臨刑時已不省人事；興朝猶嚚嚚自辯，述平生戰功不已，可謂無耻之尤矣。

處處徵丁壯，村村議土團。談兵紙上易，築室道謀難。未睹勛庸集，空令井里

殘。歸田甘病廢，枉作重臣看。余萬青

按：余萬青，金華人，道光年間由武科起家，官至廣西提督。咸豐中，粵匪猖獗，南京陷，萬青懼，告病回籍，家居數載。時朝廷慮官兵力薄，命全國在籍紳士舉辦民團，以資協助。萬青遂爲金華閤郡民團總長。然素性貪黷，才識昏庸，又非行伍出身，於軍事絶無經驗，日以團練爲名，所在搜刮。及郡城陷，團兵散，萬青先遁。

憂勤支敗局，節烈殉封疆。不任專征責，徒爲散地防。養威携衆鎮，籌策誤多方。兩浙淪奇禍，英靈訴九閶。撫軍王有齡

按：撫軍王有齡本文臣，兵非其所長，部下諸將欺其黯弱，皆不用命，張玉良尤爲跋扈。即以文治言，黜陟人員亦多失當，如吾郡前知府程公兆綸素得民心，且有幹才，有齡惡其籌餉不力，黜之，以王桐來爲郡。賊至，桐先遁，城遂陷，其知人不明已可概見。惟省垣失守，能以身殉，大節無虧。殁後予謚曰忠曰愍，名實相符。

諸將事迹，見諸楊昌濬《平浙紀略》、鄧鍾玉《兩浙軍事日記》，金華、蘭溪、浦江、諸暨等縣光緒志，及朱竹卿、樓芸皋、傅掄元、許瑶光與先大夫堯卿府君詩文集者甚多，如盡録原文，未免冗長，兹特節取要略，以供閲覽，非敢杜撰也。癸酉八月，黄曉城志。

哭子應春

愛汝真如命，何期命不辰。艱難逢浩劫，嬌小寄姻親。促算徵家替，戕生是我貧。五年塵夢短，無處叩前因。

不有纏綿性，焉能作蔦蘿。沉疴屏藥餌，抵死委干戈。塵世生機少，泉臺夙識多。會當收爾骨，魂氣返槃阿。

苦雨

苦雨無休歇，何人不惘然。自經離亂後，罕遇艷陽天。有意妨飛蝶，無憀托聽鵑。春光隨我困，牢落過年年。

抑塞

抑塞何須道，飢寒已飽諳。易登高士傳，難解俗人慚。誰是不羈馬，今皆自縛蠶。徑須披髮去，終老向蒲龕。

别内

祇覺難爲别，凄然不自持。况當將晚歲，豈是遠行時。落日明楓葉，愁心亂柳絲。萬千珍重語，凝咽在臨歧。

題黄佩吾《明齋詩草》

惻愴蘭成賦，凄凉子美篇。如聞風鶴警，細紀雪鴻緣。寶薙千行簇，明珠百琲穿。草亭留野史，三復意纏綿。

滄海揚塵後，蒼生待撫時。方諧騎竹願，又重憩棠思。餓虎嵎無負，哀鴻骨已糜。可容還借寇，珍重瓣香持。

豫章

亦是經兵燹，繁華過豫章。危城雄劫後，各郡縣城皆新修。戍鼓震江鄉。沈中丞將炮船布列各口岸以護行旅。逐處雞豚社，看同麟鳳祥。故山莽荆棘，東望泪沾裳。

舟抵樟樹鎮，兵已過境，予登岸，兵劫舟去，行李及人皆失，遣人分覓，獨留不寐

屈蠖已多日，貪狼猶在途。敢爲胠篋計，竟作負舟趨。駭浪人皆散，寒江月自孤。終宵耿無寐，搔首獨踟躕。

袁州又過兵，避至西村，不能陸行

纔經離險阻，復又塞夷庚。身世多湮鬱，乾坤久戰争。蕭蕭天易暮，蕩蕩路難行。此際窮途泪，真同阮步兵。

河口冬至

客裏逢長至，今番更黯然。祀先無一飯，在外已三年。烽火魂飛越，關河路邈綿。隨陽且南向，目斷雁行邊。

萬安

險阻經多難，迢遥到萬安。衣單冬令暖，米賤客愁寬。家國三千路，川途十八灘。計程度梅嶺，春色最先看。

南安

群山封窈窱，四望莽蕭條。聳削懸雙塔，繁華聚一橋。寇氛兩月亂，民氣百年凋。劇盜新來戮，頭顱萬里梟。

九成臺

虞城風日好，乘興上崔巍。海宇丁多難，乾坤護此臺。九成長美善，萬象普恢台。民愠何由解，端須在阜財。

抵韶州

一一來時路，行行不是歸。關山如昨日，風景倏秋暉。江水東西合，窮途去住非。夜烏無意緒，三匝竟何依。

宿良田小金谷題壁

倦游愁逆旅，吉語愛良田。水木清華擅，塵勞坐笑蠲。人烟圖畫裏，秋穫酒樽前。故里傷墟莽，何年受一廛。

次韵劉典卿貳尹誠佑見贈

襟期淡秋水，意氣邁風塵。已溺已飢志，多材多藝身。著書廓氛障，修道養天真。頑鈍勞披拂，同聯出世因。

英國仁濟醫院楊牧師來醫余病，病愈賦謝

航海來高士，懸壺緬上醫。形偕神并治，財與法兼施。膏雨沾濡處，春風鼓蕩時。胥登仁壽域，利濟愜襟期。

冬至夜數夢先嚴慈

令節滯殊方，心依俎豆旁。未能營薄祀，數夢侍高堂。關雪冥冥黑，春暉宛宛長。神魂一相隔，塵劫浩茫茫。

哭四弟海春

海嶠傳凶耗，炎天刮骨寒。千鈞纖髮引，一局敗棋殘。家運無恢復，人情頓改觀。深哀同氣盡，吾道正艱難。

八口干戈後，飢寒逼仔肩。憂能移定命，爾竟夭天年。徒手持門户，低眉逐市廛。不平多少事，鬱鬱閟重泉。

昔時驚彩筆，誰料了青衿。篆刻推精手，經營具匠心。迂拘終泥古，質直頗違今。似我真同調，人琴痛更深。

先壟堪輿誤，營謀力久劬。損丁方屢慟，及子更誰圖。家計凋殘甚，書香屬望孤。豈余孱弱任，況又逼桑榆。

天運消還長，吾生屈不伸。終朝無暢泰，畢世竟艱屯。實短旁觀氣，彌傷後死神。誰將傾覆理，一爲問陶鈞。

臘八夜聞雷

行近日南地，驚逢理外天。深冬雷起蟄，异事口争傳。數欲窮康節，徵奚問廣川。泥塗覘蘇困，萬一在春前。

戲題自遣

愁絶鳳凰饑，琅玕采掇稀。空常書咄咄，幻欲想非非。縮地銷離恨，分身應事機。干將鋒折盡，一笑吐寒暉。

韶州江行

四載今重到，行藏尚費占。愁深憎酒淺，囊減賴詩添。水略如環曲，山多似塔尖。粵南風景勝，探賞意無厭。

三月廿九日宜章旅寓作〔一〕

利名皆不與，行役果何緣。已墮窮愁地，還居離恨天。鶯花銷殢酒，客鬢老蠻烟。春盡宜章驛，歸心一夜懸。

〔一〕目録原無「日」字。

三月廿九夜雨不寐

客裏愁無已，天涯春又歸。孤燈人寂寂，終夜雨霏霏。塵網身將老，刀環約已非。何勞啼杜宇，萬事與心違。

花地

自昔擅穠華，名園數十家。四時開爛漫，百卉映交加。風土中原別，芳情首夏賒。候潮聊繫纜，看遍日南花。

長沙

自怪非遷謫，長沙落拓行。地卑終古濕，天漏暫時晴。厄塞憐生事，沉冥遺旅情。正當多難日，鵬鳥莫相驚。

長沙旅懷〔一〕

但有憑依處，都爲坎壈因。瘵瘏徒益潰，剜肉轉重新。弃絶妻孥愛，虚捐少壯身。去來緣底事，萬事走踆踆。

此日方知命，難容意計閑。浮雲多幻局，磐石忽冰山。早厭扶犁苦，今諳托鉢艱。西風吹幾度，催得鬢毛斑。

〔一〕目録「懷」原作「感」。

五月登岳陽樓次杜公韵

城市殘灰冷，湖山又倚樓。樓毁於賊，曾公國荃重建。羲娥平面度，雲水接天浮。眇眇懷沙地，喧喧競渡舟。古今愁不盡，潮涌大荒流。

立秋日作

咄咄客心動，光陰何逼人。康娱無晷刻，歷碌久風塵。匏擊歲已再，瓜期秋又新。依然成濩落，撫序一含辛。

八月初八再登岳陽樓

秋風吹客鬢，僕僕又登臨。棟宇有興廢，湖山自古今。放懷空芥蒂，寓目總蕭森。一上一回感，應堅出世心。

初七夜雨，初八江中有水，買舟待放

竟逢江化陸，何异海揚塵。豈有俟河壽，徒爲束手人。夜凉聽淅瀝，朝漲見清淪。鼓楫乘流去，滄田過眼真。

鄂城訪許蓮峰，適游武昌未返，將赴楚南，留詩奉柬

十七年離索，公然把握辰。那堪限衣帶，仍未接芳塵。詞賦比何似，交親久更真。扁舟又催發，得勿憫勞人。

由漢口渡江，旬餘未行江路

平地通舟楫，稽天望廓寥。低廬惟露脊，高樹已埋腰。澤國人人困，陽侯歲歲驕。稻禾紛可辨，狼籍此停橈。

得嚴小如姊丈書

亂後報吾在，經年讀覆章。盡將肝膈吐，不覺語言長。握手知何日，行踪少定方。奮飛憐羽弱，空自搶榆枋。

將赴湘潭適有空舟之便

宿雨收殘溜，初陽破曉寒。輕舟下春水，雙槳迅飛翰。似慰連番蹇，聊供一日歡。喜晴與利涉，敢作等閑看。

東歸

今朝理歸楫，昨歲別家時。冉冉一年度，勞勞萬里馳。斗升今貸潤，婦稺久啼饑。預怯臨門日，難分笑與悲。

由湘潭舍舟步行至樟樹鎮

一生初涉試，千里竟徒行。歲暮鄉心急，兵銷驛路清。微茫披曙色，藹暖戴冬晴。到處青帘底，亭亭粉黛迎。

蛟溪大雪

雪重壓烏篷，真居雪窖中。衣衾濡急霰，肌肉裂顛風。澒洞蛟潛壑，氋氃雀在籠。四方誇兆瑞，敢怨道途窮。

冬至開霽曉發志喜

擁被朝寒減，揚舲霽景開。亦同萬象動，真驗一陽回。瑞色呈三白，豐年兆八垓。書雲煩太史，葱鬱氣佳哉。

抵常山

第一鄉關路，鄉心到此濃。峰巒横雜沓，疆域限提封。翦紙招羈魄，傾觴洗悴容。今宵度歸夢，雲樹尚重重。

馬嶺

出門嗟赤手，絶壁上青山。瑟縮衣裳薄，嚴威雨雪艱。腸真冰比潔，骨與鐵同頑。處處驚風鶴，愁人鬢欲斑。

早行

一掐如鈎月，朦朧引我行。踽涼寒有影，遠近悄無聲。殘夢續還斷，暝途平亦傾。孳孳爲何事，更不待鷄鳴。

哭芷湘六弟

山陽初返棹，鄰笛不堪聞。寢疾頻呼我，歸程遽哭君。纔當旬日隔，便是死生分。相送依依處，寒江冷夕曛。

悼侄應魯時閏五月初六〔一〕

經世諸兄拙，深期汝克家。時宜才敏贍，品節體詳華。未遂青雲附，空憐白雪詩。遺章猶記取，烏柏似梅花。

念汝真孤露，生來值式微。謹恂殊就範，羸瘦不勝衣。爲策資生計，恒愁與願

〔一〕目録「魯」前原衍「眷」，「六」後原衍「日」。

違。年逾韓吏部，祭侄倍歔欷。

天乎何太酷，逝者竟如斯。後死觀難達，餘生趣可知。呻吟聽不斷，涕泪制無期。縱使心金石，能無爛若糜。

閏五月初七日脱一齒〔一〕

初驚一齒落，衰態兆萌芽。亦解老將至，何期事遽加。朵頤憐缺陷，迴首惜芳華。未必桑榆晚，虚生自可嗟。

〔一〕目録「日」原脱。

定孽

定孽濃如許，年年懺未能。莫愁明日事，且作在家僧。剜肉瘡何補，吹虀薤屢懲。惟應勤梵課，一遣濁波澄。

朱烈女

正氣存閨秀，明姿悼國殤。血埋應化碧，骨朽尚留香。彤史垂千古，丹綸下九閶。新阡女貞樹，皎日照蒼涼。

按：烈女，縣西梅隴人，椒山吴兆熊聘妻。咸豐辛酉粤變作，隨母避匿南鄉朱村。六月三日，賊驟至，母賄以簪珥，得脱，乃夜匿船坑山。次晨又一賊至，獲其母，刃索金，母大號，女自叢中出，傾身障之。乃嘯聚群賊，挾女以行。至懸崖，即奮身下投。賊從徑道迹之，見其氣絶，忿斫其肢。六日，賊退，家人赴斂，手足异處而面目如生。同治二年詳旌。

晤西蓮禪師賦贈

今朝參慧遠，亹亹辯才聆。禪觀薰三昧，詩章擬四靈。無緣宏願海，有漏隘仙經。勞策蓮邦路，黃粱夢未醒。

江漲

竹箭春江漲，蘭橈疊浪驅。浮空凌浩瀚，快意貴須臾。下瀨長風助，中流灝氣俱。平生多逸興，困辱久泥塗。

次韵劉典卿貳尹誠佑見贈

一從違素願，久困化緇塵。烽火悲前事，江湖倦此身。蕭條隨所遇，跌宕率乎真。日日朱顔改，消磨豈有因。

吴燮堂司鐸和韵賦答

畫舫聯仙李，詩篇信口占。一聆高唱奏，頓覺逸情添。化雨瀧流渥，泠風江上尖。歸來陶令早，栗里樂無厭。時司鐸卸任歸東莞。

次前韵再和吴燮堂

一江江水漲，利涉得同占。笑語朝朝密，吟情處處添。嵐光迎眼底，鄉思避眉尖。欲買蘭陵酒，沉酣飲夜厭。

由粤登程歸里

萬里羈棲遍，三年骯髒多。孑身成債帥，長路仗監河。季子裘空弊，馮煖鋏莫歌。曰歸歸便好，不敢怨蹉跎。

石門縣

野蔓寒蘆合，凄涼過石門。空餘七里郭，偶見一家村。風動應防虎，雲迷若聽猿。幾年生聚後，過客尚消魂。

七夕由杭開帆宿聞家堰

雙星凡再會，孤客尚他方。天上歡期促，人間别緒長。秋風吹綉闥，暮雨渡錢塘。今夕誠何夕，還鄉更憶鄉。

過釣臺

萬古清高氣，平分點滴難。一竿生事了，七里亂山蟠。古木幽禽語，滄波白日寒。此生塵鞅裏，低首過嚴灘。

連日逆風西上，今由蘭江東上，又阻東風不得行

不到西流地，東風總不來。伺余惟面相，轉柁便風迴。候弗毫厘爽，帆無頃刻開。何須巧相戲，造化亦苛哉。

登八咏樓避暑

滚滚雙溪水，悠悠一寸心。風高無暑氣，野曠有清音。曾是豺狼窟，依然鸞鳳吟。齊梁飽興廢，莫鼓雍門琴。

夜歸里角塘

群籟悄然息，孤踪氣自豪。地荒鐙影瘦，天迥月輪高。失喜逢龙吠，乍驚聞雁嘷。還鄉非衣錦，所得夜行勞。按：里角塘，村名，距城五六里，先生世居城内湖清門，因經咸同兵燹，住宅被毁，寄居於此。

題張夢馨遺草

出語皆天籟，高吟是正聲。蓬蓬春自遠，淡淡水同清。擾攘凋年壽，崎嶇歷寇兵。斯人失交臂，撫卷想豪英。

祝張書田上舍德配某夫人五十壽

佳偶稱爲配，傳聞挽鹿車。百齡方及半，雙鬢并如初。静好風人侶，清高處士廬。年年侑康爵，錦綉萬芙蕖。

清簞疏簾地，恬然養太和。長吟塵累少，偕老勝情多。莊叟逍遥論，堯夫安樂窩。幾年兵劫後，此福羡如何。

粲粲表清門，潭潭相國孫。英才猶間出，文彩至今存。敦俗農桑譜，敷猷利病言。公侯知必復，忠孝有淵源。

七言律

亂後入城

人民城郭兩皆差，殘劫灰中鬢欲華。只見銅駝卧荆棘，何年澤雁話桑麻。醉顔久以囊空斷，食量偏於米貴加。凄絶重來雙燕子，尋常百姓亦無家。

癸亥十月赴粤留别

勞蹤草草又天涯，欲賦驪歌不自持。已受奇窮還善病，纔經大亂復傷離。一天風雪人欹枕，萬里關河鵲繞枝。行李蕭條家計急，鄉情旅思兩難支。

夜泊

蕭蕭戍鼓點寒更，水氣空明夜氣清。萬事蹉跎隨歲暮，百憂歷亂與雲平。對兹山色湖光影，難遣雲鬟玉臂情。遥憶閨中倍孤寂，更無兒女話南征。

韶州除夕

歲除猶是慨蓬飄，爆竹聲中百感交。萬事花花皆過眼，一年草草到今宵。飢來驅我真無謂，貧後依人詎可聊。手把屠蘇拚醉飲，羈魂此際不勝銷。

苦吟

苦吟自亦笑伶仃，山字肩寒鬢點星。魯酒一樽還太古，楚囚兩載泣新亭。風塵潦倒多孤憤，書卷荒疏剩性靈。東野窮愁心已碎，悲歌嗚咽不堪聽。

和程坡仙見贈

冥冥炎海悵淹留，幾載烽烟盼故邱。清德胡威踪落落，越吟莊舄意悠悠。金樽檀板消英氣，紫陌紅塵益旅愁。共客天涯共淪落，勞君慰籍賦登樓。

宿良田小金谷題壁

停驂不覺倦眸開，簾捲西風爽氣來。十畝夕陽紅穲稏，一池秋水碧瀠洄。長途歲月留詩草，故國田廬慨劫灰。記取今宵清賞地，小園重賦子山哀。

和劉典卿五十自壽原韵

重九先期啓綺觴，紅萸黄菊艷秋光。門庭瑞慶徵三樂，河岳精英萃一堂。經世雄才紓素願，活人妙術隱青囊。還丹已受長生訣，不敢支辭祝壽康。

有客以詩投贈孫海門者，戲次其韵，仍以海門二字冠首

海國琛球方輻輳，時司水卡。門墻冠蓋盡豪雄。清標迥出塵埃外，樂地原居名教中。謂其篤於伉儷也。意氣似聞推季布，語言幾欲妙髯翁。登樓有客方吟賦，錦字機遥寄恨同。

次韵和吴燮翁見贈之作

檥棹南華已再三，[一]曹溪法乳向誰參。浮生莽莽成衰白，往事悠悠問蔚藍。險韵屢挑驚宿藻，危城力捍遈雄譚。同舟龔君嘯隆曾力守吴興古城十有三月。扁舟同托芝蘭契，行路雖難興轉酣。

雨阻不能成行留别廖紱臣少尉

一聲驪唱正難堪，忽到臨歧又駐驂。小住九旬徵絜果，深情千尺比桃潭。回思顛覆愁千萬，偶話存亡感再三。萍合漚圓應有日，肯扶困翼待圖南。

〔一〕「棹」前「檥」字原缺，據文意補。

過瀧謁韓文公祠

又向瀧流薦藻蘋，重吟瀧吏動酸辛。一封奏疏投荒徼，千古江山祀逐臣。楚客初來試新險，羈人於此送殘春。明日立夏。海天浩渺東歸路，萬里波濤仰化鈞。

舟中晚眺

江上風光杳靄間，晚來眺覽一開顏。天長落日平於水，岸遠浮雲立似山。赴市人歸方待渡，栖林鳥倦早知還。餘生自分黄塵老，翻藉郵程獲暫間。〔一〕

〔一〕「間」疑當爲「閒」。

有感

片時春夢過鬆鬆，與老無期忽見侵。受侮漸多知受命，安貧既慣得安心。空懷出世談何易，凡事輸人苦自禁。豈可更將煩惱縛，由來百忍是良箴。

舟過耒陽有懷龐士元

小邑曾羈驥足來，鳳兮載咏想丰裁。能扶火井三炎運，偏絀雷封百里才。魚水倘教齊佐命，鴻猷應許繼雲臺。悠悠耒水流今古，空向風前幾溯回。

洞庭阻風

寂寥繫纜朝朝坐，飽滿來帆片片懸。風自有權專太甚，我原無賴向茫然。妄呼升斗蘇阽困，强逐刀錐學懋遷。夢繞家山歸不得，石尤何事苦留連。

長沙留別蒹塘叔父[一]

蹭蹬救窮無善策，暫圖歸計息風塵。登程恰值離家日，改歲仍爲行路人。亂後一門猶幸草，年來兩脚是勞薪。萍踪此後知何處，話到相逢泪滿巾。

漢上中秋

倦惰無心對月光，新來止酒罷持觴。坊場鼎沸嬉佳節，弦管風高宴畫堂。憔悴破窗誰問疾，支離孤枕客思鄉。六年五照分離苦，情與東坡共斷腸。東坡《中秋寄子由》詩：「六年逢此月，五年照離別。」余辛酉中秋聞警，此後惟去年中秋室家完聚耳。

〔一〕目録原無「留」字。

漢上初度

光陰一例付泥塗，況復艱難逼病軀。撫枕不勝愁緒亂，抱琴太息賞音孤。衰羸競現今朝鏡，潦倒空懸往日弧。遠客分無衣寄到，爽砧繁杵聽踟躕。

萍飄蓬轉愈凄迷，默聽寒蛩咽復啼。歷歷江山成舊夢，蕭蕭風雨入新題。疏慵自昔爲身累，物我何須用意齊。膾美菰香歸不得，天涯愁煞觸藩羝。

九月初八感懷

檢點當時拭泪衫，泪痕依約尚留鹹。長教宛轉腸千結，不得平安字一函。豈料飄風吹浩蕩，難忘分袂語詀諵。明朝又是重陽節，頓覺離心似刃劖。

赤壁懷古在嘉魚，非東坡所賦赤壁

赤壁嵯峨楚塞雄，江山如舊霸圖空。乾坤特創三分局，吴蜀同基一戰功。炬火飛揚摧北岸，叢祠肸蠁賽東風。我來釃酒斜陽裏，亂石驚濤萬頃紅。

鄂城訪友不遇

無復梅花玉笛聲，依然五月到江城。難尋少日飛鴻影，略似千年化鶴情。浩劫已殘餘感慨，故人且幸盡光榮。雲泥無限升沉事，儘欲披襟一吐傾。

由湘潭赴宜章送舍弟棟之漢上

行李蕭條戒早寒，臨歧握手一辛酸。囊經澀後歸何濟，棋到殘時算固難。浩浩各憑風所引，駸駸又逼歲將闌。天涯斷雁還分散，從此關河影更單。

舟行咏懷

七澤三湘汗漫游，空令弊盡黑貂裘。東西水亂漂萍梗，南北風狂混馬牛。蹙蹙四方原靡騁，皇皇一歲未能休。雲山萬叠斜陽裏，有泪無言倚柁樓。

野水蒼茫暮靄横，扁舟泊處晚潮生。夢回鄉國人千里，酒醒江關月四更。霜重衾寒孤客感，猿驚鶴怨故山情。壯心空聽荒鷄唱，催老征夫是此聲。

對酒

客行歲晚晚相催，用杜公句。欲遣羈情仗酒杯。衰病已灰經世志，窮愁深愧著書才。身憐流水漂萍葉，心戀荒山飯芋魁。隨分一竿堪送老，春風爲拂釣磯苔。

晨起睹唾盂中血凄然[一]

瘦盡腰圍不爲詩，也同昌谷嘔心時。誰飛白鳳三更夢，怕吐紅蠶四月絲。冰炭填膺長骯髒，風波滿地劇憂危。哀禽切切深宵裏，不覺朝來血濺枝。

十二月望舟中對月

一年最後團圝月，萬里長征瓠落人。雪霽重教鋪玉界，歲寒猶自轉冰輪。照來離合都將定，望去悲歡各有因。料得畫樓今夜裏，也應懷遠一傷神。

〔一〕目録「睹唾」原作「見」。

永興道中

幾句塵夢醒風湍，身外榮枯付達觀。囊罄日將新句塞，途窮天與好山看。炫奇祇覺形容拙，逐勝真愁應接難。山皆純石，瑋奇不可名狀。長得閑吟并清賞，不須更怯路漫漫。

自二月登程，歲杪仍在楚境

桃花浪裏挂帆初，飄泊於今歲又除。三楚波濤縈夢寐，一年塵垢染衣裾。疲牛旋轉循陳迹，寒鳥啁啾念故墟。細把郵籤重記里，算來已是七千餘。

梅田除夕是日立春

年來野迹等浮雲，節序何須去住分。迢遞征途窮楚尾，蕭閒官舍息勞筋。剛逢臘盡春風轉，頗覺顔開淑氣薰。萬彙都萌新景象，一杯且祓舊塵氛。

咏鷹和從善上人原韵

臂韝久與主人依，鐵爪金眸尚有威。勃勃心猶雄搏擊，稜稜翮欲快騫飛。悲臺蕭颯風初勁，古塞萋迷草正肥。神俊生來原道器，支公於此契禪機。

從善上人倒押前韵和贈次韵酬答〔一〕

久倦江湖願息機，筮頻遇遁恨難肥。薄游奈又成匏繫，高尚徒教羨錫飛。半畝花宫同鹿苑，一林竹素比龍威。勞生欲覓安禪地，蓮社何年得所依。

〔一〕目録「酬答」原作「和之」。

和金懋齋咏豹

憑淩不是在山時，猛氣雄姿亦受羈。霧下早將文共隱，管中未必體全窺。斑斕自惜千金質，炳蔚應留百世皮。讀易尚期君子變，長林豐草鎮相思。

久留梅田感賦

當時容易別柴荆，落魄天涯歲再更。萬緒牽縈何自滌，一身流宕太無名。魂消芳草王孫夢，腸斷青春杜宇聲。忽憶刀鐶留舊約，去年此際盼歸程。

寒客

萬重野水萬重山，歲暮蕭條客未還。馬滑霜濃楓葉路，烏啼月落荻花灣。離心那更聽羌笛，春信無由度玉關。寒夜誰家銷美酒，錦帷深護洞房閑。

寒僧

破衲隨身歲月深，一星佛火伴蕭森。霜嚴五夜方禪定，雪滿群山正苦吟。終古寒岩無暖氣，長年枯木有冬心。却憐松頂巢栖鶴，凜冽天風似不禁。

四十生日自述

甲子泥塗忽四旬，幾經劫火幾風塵。凄然顧影真窮鳥，久矣傷心是恨人。夢裹亦嫌身局促，醉中時露氣嶙峋。祇今痛定還思痛，一曲勞歌暗愴神。

一片滄桑落眼前，隨陽孤雁度南天。相呼暮雨情何急，虛領春風歲又遷。杜宇聲中雲漠漠，尉陀臺畔草芊芊。陸生寂寞成新語，百粵羈栖欲泫然。

江山少日迹難尋，里閈幽栖久陸沉。十有五年成老眼，百無一事稱初心。世情盡自貧中見，禪味恒於病後深。鏽澀芙蓉三尺劍，壁間風雨一龍吟。

强學揚雲賦解嘲，乾坤誰借一枝巢。豈因世弃甘蟠木，未必吾生果繫匏。材不材間原灑落，用無用處任訾謷。此心久已恬枯菀，懶把行藏問卦爻。

重陽前一日赴楚南留别[一]

非賈非官去舊邦，西風催上木蘭艭。蕭條行色難爲壯，歷亂離心不可降。幾度黄花辜老圃，滿林紅葉餞秋江。諸君明日登高會，應向山頭憶水矼。

〔一〕「南」原無，據目録補。

大水再上白果

蹭蹬涓江百里程，建瓴節節垻峥嶸。今看春水汪洋日，亦任孤帆自在行。際遇亨通原有待，波瀾盛大轉能平。東風暗换征途色，岸柳風花次第迎。

滯迹

不如意事太紛紜，滯迹涓江日又曛。纔向洪流愁泛濫，詎逢竭澤慨惔焚。吾生通塞真難偶，天意盈虚底處分。情與村農同悵惘，舉頭衡岳望興雲。

步步要遮有石尤，那堪河伯更羈留。客囊坐見兼金耗，江水偏慳一掬流。三楚同時分潦旱，孤村久住遞春秋。西風陣陣催鄉思，況卧漳濱疾未瘳。

七夕戲題〔一〕

雙星何事隔良緣，太息都由欠聘錢。天上光陰原一日，人間離緒已經年。孤踪飄泊猶無定，兩地平安未得傳。靈鵲成橋空有意，蕭條百孔豈能填。

病中書懷

恥偕浮薄競羶腥，卧疾空堂影共形。江漢瀟湘千里路，晦明風雨一年經。巾箱舊卷閑中理，蕭寺寒鐘静裏聽。好似邯鄲仙枕畔，酒闌人散夢初醒。

〔一〕目録「題」原作「賦」。

七月廿七日紀夢

河陽愁緒忽縈牽，腸斷香消十八年。綉閣慘凄那忍説，玉肌憔悴不禁憐。空拚一痛無窮感，又締三生未了緣。夢裏泪珠千萬滴，可能沾灑到重泉。

舟中咏懷

碧天無際路茫茫，歲晏無由得卸裝。薄福自應頻失馬，多歧争欲免亡羊。長亭短堠雙衰鬢，晴雪寒梅一斷腸。素手摧傷金綫盡，那堪還爲嫁衣忙。

已過衡陽南極北，峭帆惘惘欲何之。凄吟匏苦思同濟，强説荼甘茹不辭。舉足動逾千里路，歸心又誤一年期。閨中若問金錢卜，爲報天涯未有涯。

鄱陽湖中久阻兵差九月二十九日[一]

盡日荒凉對荻洲，匆匆又送一年秋。傳聞徵調遥屯甲，頗訝搜牢速置郵。百里雹驚如避寇，連朝風好却停舟。長途蹭蹬真關命，往歲空教悲石尤。

十月廿七日抵長河

秋鴻有信到迢迢，又見瀟湘木葉飄。萬里去來仍故我，三年離合并今朝。動心未必能增益，學賈何從得惡囂。總爲稻粱謀是急，休言日暮與途遥。

[一] 目録「二十九日」原作「廿九日作」。

得張孟卿内兄書，次其來韵

兩家踪迹溷蓬蒿，清息今傳首共搔。各訴窮愁魂已斷，細參得喪柄誰操。無官學道庸非福，有子能文自足豪。他日相逢燕市畔，悲歌莫更擬荆高。

再過樟樹鎮

憶昨章江落魄行，窮年飄泊可憐生。偶留鴻爪渾如夢，再睹鱗居似有情。衮衮風塵衰老易，蕭蕭書劍往來輕。劉郎空作秋風客，萬里游歸兩袖清。

蛟溪登舟阻風不得渡

天公刻意惱征夫，日日征篷困守株。雪勢翻風從北奮，客心隨水并東趨。江山縱眼皆蕭瑟，身世回頭幾嘆吁。三度滕王亭下過，馬當相送一帆無。

看山

看山迢遞碧巉岩，暮靄沉沉日半銜。鄉信抵金無自致，客愁如草不能芟。相逢南雁驚年箭，但祝西風送客帆。料得寒閨數三九，玉梅花下卸征衫。

夜雨不寐

迴首天涯迹已陳，無端梗泛楚江濱。重尋十五年前夢，又返三千里外身。碩果故交餘幾輩，甘棠先澤在斯民。團圞怕說貞元事，容易何戡引泪頻。

古劍

蒼痕古色振霜鋒，磨洗前朝認舊踪。誰請上方誅漢佞，曾隨大將靖邊烽。千年精氣應騰虎，百丈寒芒欲化龍。鬱勃豐城光射斗，終當雷煥一相逢。

古鏡

苔斑剥落烔青銅，歷盡秦宫與漢宫。照膽寒光猶閃閃，掃眉春色太匆匆。千秋佳麗歸何處，一代興亡鑒此中。老閱滄桑精鑒别，年年花樣不相同。

常玉山道中

當年身世兩清華，馬迹車輪晝夜嘩。亂後凄凉三次過，望中蕭瑟一長嗟。烟巒雜沓青如染，秋樹玲瓏艷若花。清景不隨塵劫壞，荆關畫裏夕陽斜。

過釣臺

水色山光七里幽，幽人心迹兩悠悠。一竿夢裏何時辨，雙鬢塵中祇自羞。炎日滿江猶料峭，冷風長夏愈颼飀。瀧中氣候由來别，我亦曾披五月裘。

再登八咏樓感賦

百雉連雲萬象涵，六朝觴咏啓精藍。嬰城一哄兒爲戲，喋血三年亂甫戡。冠蓋時平追勝迹，干戈事往落清談。河山表裏分明在，滿眼滄桑意不堪。

有客爲余推星命賦贈〔一〕

否泰原知倚伏連，不應畢世慨迍邅。朝霜衰鬢星星上，舊日雄心寸寸捐。河有清時終可俟，灰當死後豈能然。前程幸就君平問，爲勉黄花晚節堅。

繁華春夢醒多時，無那鷦鷯靳一枝。機事盡逢凶悔吝，生平倘值斗牛箕。道心已辦貧非病，定業難逃老漸知。賴有賞音相慰藉，幸聯臭味弗差池。

有感

坎壈終身逼腐儒，但經行處總崎嶇。不才似我天猶忌，多難於今氣未蘇。禍起何

〔一〕目録「有客」原作「客有」。

須緣塞馬，技窮人欲笑黔驢。細参四十餘年事，志索心灰造化爐。

鑿枘人間百不成，迂疏怯與鬥心兵。草迷官路蛇分竄，水漫野塘蛙亂鳴。邑畏吏尊風朴茂，農傷穀賤歲豐盈。世情亦逐滄桑變，今昔相衡感慨生。

遣悲懷

憂勤百未答秋毫，我正貧時井臼操。戎馬酷逢三歲亂，寒蟲分定一生號。疾風抗節長拚死，返日揮戈不憚勞。共道將來期正永，窮逢容易擲鴻毛。

題張書田小照

滿室琴書滿院秋，蘭芽階下正新抽。滄桑一劫殊難説，人宅雙存豈易求。不富不貧真自在，非通非介恰風流。生綃寫出團圞樂，對鏡能無大白浮。

送潘逸伯世兄歸里

闊別丰標近十年，重逢玉立羡翩翩。六經已振箕裘緒，再世猶留翰墨緣。文舉稱奇從總角，賓王早達驗鳶肩。歸家但奮淩雲志，酒賦琴歌暫舍旃。

花朝日

一聲何處賣餳簫，桑未生荑柳未條。山鳥盡呼泥滑滑，吴娘慣唱雨瀟瀟。東風拂面猶逋峭，南畝催耕尚寂寥。不是小桃漏春色，更無消息到今朝。

辛未冬阻雪在城和韵

敗礫殘灰滿目凋，莊嚴一例甃瓊瑶。萬方潤澤豐年兆，四宇澄清濁氣消。寶地踏來心尚惜，銀沙看去意先驕。莫嫌寒素生涯誤，富麗居然炫一朝。

萬木淩寒總後凋，晶瑩忽訝換瓊瑤。世途缺陷俄平滿，物色紛紜悉殞消。頓覺空明心與契，早令烟火氣難驕。堨來一片清光裏，剩欲尖叉咏此朝。

咏雪 次傅雪帆韵

皎然心迹喜雙清，漠漠乾坤色相更。白帝提封光有耀，紅塵畫斷皓無聲。乍疑雲母山山染，不信瓊花樹樹生。此際灞橋驢子背，依稀騎鶴到瑶京。

咏雪 次樓潤玉韵

十日瓊霙積滿庭，照人鬒鬢感凋零。相形白璧難爲白，不老青山亦改青。雀向空倉方噪食，雁依寒渚敢舒翎。閉門只合師僵卧，郢客高歌快一聆。

即事〔一〕

爛銀堆裏暫經行，目眩空花混太清。皎皎光移山色近，娟娟寒射夜窗明。枉勞作賦游梁苑，孟浪銜枚入蔡城。瘦聳吟肩嗟歲晚，殘氈嚙盡漢蘇卿。

除夕偶成

臘殘斗柄已潛移，廿六日已立春。春到蓬廬了不知。病體累貽終歲困，寒雲凍合一天痴。安心有法難逃俗，避債無臺且咏詩。莫道屠蘇輪最後，飛騰暮景醉爲宜。

長時諱老與羞貧，不料莊嚴竟在身。鬢髮星星將化鶴，衣裳楚楚有懸鶉。操持任

〔一〕目録原脱「即事」。

婦差容懶，描畫憑人漸息嗔。始信風旛原不動，寂寥心肯殉凡塵。

和人咏古詩四首

顏孝子

烏傷遺冢望嵯峨，至性從來感格多。秦代訖今名郡邑，匹夫終古重山河。史尊獨行疇無忝，禮肅明禋典不磨。永慕祠列在祀典。風木年年慚返哺，畢逋影裏泪滂沱。

駱臨海

潛移帝座牝朝新，一檄煌煌大義伸。自出孤臣酬故國，何關宰相失斯人。首陽翠蕨沉冥影，博浪金椎慷慨身。垂拱齊名殊憒憒，錯將文彩掩經綸。垂拱乃武后年號，稱臨海爲垂拱四杰，大非。

宗留守

蒼黄留守障狂瀾，破敵恢疆智力殫。戰轉十三聯奏捷，疏成廿四望迴鑾。朝廷已定偏安局，帳幕空羅大將壇。按：公卒時岳武穆在帳下，秩已顯矣，朝廷不以之代公而用杜充來，〔一〕殊不可解。情與武鄉同抱憾，渡河三唱有餘酸。

王忠文

雍容佐命龍興日，慷慨招降虎穴行。正擬功名齊陸賈，忽驚節烈殉真卿。鴻文一代先鳴盛，王弇州云：國朝之文，潛溪爲首，〔二〕烏傷稱輔。又曰：烏傷王禕雜用歐、曾、蘇、黄家語，空於文憲而力勝之。异數千秋創易名。明洪武時文臣無謚，武臣非贈侯伯亦無謚。建文時王禕以待制謚文節，文臣得謚自公始，以臣得謚亦自公始，後改謚忠文。碧血無歸拚慟

〔一〕「來」字衍，當删。

〔二〕「潛」原訛「濂」，據王世貞《藝苑卮言》卷五改。

哭，臣忠子孝兩峥嶸。

按：忠文子王紳後爲蜀王太傅，自四川赴雲南，求父遺骸不可得，有《滇南慟哭記》，今存，故末二句及之。癸酉八月黄侗補注。餘皆先生自詮。

馮鐵華郡伯解郡賦詩留别，次韵餞送

福星移照太匆匆，多少攀轅賦惱公。八邑土風傳渡虎，兩年泥雪認飛鴻。膚雲布濩温兼肅，膏雨沾濡歉轉豐。今夏亢旱，禱得甘雨，遂慶豐登。寶婺樓前足山水，也同六一醉稱翁。

峥嶸品望比南金，棠舍濃留异日陰。風教總持談娓娓，文章評騭息深深。田無越畔消牙角，有訟争田水，自明迄今未决，公規畫息訟。蠶有成書布腹心。刊有《廣蠶桑》等書。白屋青衿齊向化，果然生佛萬家臨。

春色欣從五馬班，飄纓孔雀翠斕斑。以軍功賜花翎。謳歌今溢雙溪表，治行原高兩浙間。八咏新詩增藝苑，四經家學擅名山。白帖有馮氏四經。錢塘江上迎琴鶴，又見塤篪奏雅還。

寇氛昔遘蘭成亂，困厄今逾令伯情。迹阻且蘭無夢越，田嗟灌莽少人耕。十年生聚三階順，萬口歡娯五褲聲。未御龍門遥頌德，依依我亦一蒼生。

賦呈本静禪師

天人知隔幾多層，滿座春風寵渥承。平等興慈勞砥礪，和光混俗泯圭稜。布施不住登初地，悲願無邊證大乘。乞灑楊枝開未悟，最愚癡處最哀矜。

文章事業百無成，況乃身經浩劫兵。備歷窮途惟欠死，但持佛號了餘生。雪泥舊迹荒凉夢，雲水孤踪落寞情。省識今愆兼夙孽，懺摩久已積丹誠。

了無一事可憑依，每到垂成與願違。敢信今朝堪自是，深知昨日總成非。鏡花已悟浮生幻，斧藻猶欽妙筆揮。莫怪臨風倍瞻戀，世間知識遇原稀。

何肉周妻叔夜慵，道緣終淺世緣濃。氣銷湖海偏塵土，福靳山林况鼎鐘。百八念珠燈下課，兩三經卷案頭供。深心爲示探三昧，了俗空空是浄宗。「欲從此處探三昧，須識空空了俗腸」，乩詩也。

呈同社諸君

香烟繚繞水盈巵，鸞鶴蹁躚降古祠。法席乍參宜北面，朋簪雅集似南皮。珠璣錯落聯吟處，瓜李浮沉避暑時。始信文章真不朽，迢迢千古有幽期。

諸君衮衮題橋志，劍氣珠光射斗牛。破浪尚皆争一第，名山亦自占千秋。我含末路洌零感，家有儒門淡泊留。枯樹婆娑生意盡，滋榮端只望朋儔。乩贈予詩有「君本儒門風雅流」及「零落故鄉舉目秋」之句，真定評也，故云然。

立秋在城作

爲消長夏集群才，日日聯吟勝社開。時節忽從詩裏換，秋風又向鬢邊催。碧梧有信飄金井，白髮無情現玉臺。驀覺商聲來筆底，哀絲清角聽低徊。

七月呈松雲禪師

爲憐凡濁費提撕，麗句清詞半醒迷。詩境每從塵外領，宗風時向句中題。長思北面參金粟，應學南容誦白圭。鄙率久居涵蓋裏，豐干饒舌太無稽。

題咏人問興未停，愛從天上又談經。原詩有「爲愛談經上九天」之句。楞嚴定已登初第，絶妙詞還駕四靈。釀出百花成石蜜，瀉將衆水在銀瓶。聯吟好共維摩詰，别擅仙山著作庭。

呈赤城朱居士

秋水蒹葭日溯洄，文章自昔數蓬萊。幸從异代聞風起，可許凡流立雪來。白傅有吟皆逸趣，青蓮無句不仙才。悚惶謝過三薰沐，雅量從教勝社開。

壬申八月初六生子喜賦[一]

一枝妙筆寫軒昂，片語傳來盡吉光。悵望千秋應灑泪，恬吟數日尚留香。方知風雅難窺管，亦似仙凡有畫疆。自古詩人多解脱，海山兜率任迴翔。

蹉跎倏已嘆無聞，垂老生兒倍可欣。積日憂疑今始定，异時淑慝詎能分。光陰遲

[一] 目録「六」後原有「日」字。

暮闗懷切，門祚蕭條屬望殷。勵節劬書吾世業，箕裘幸勿墜清芬。

東坡養子厭聰明，終仗聰明顯一生。况乃室家當板蕩，尤需菽水蚤經營。琴書敢信堪傳汝，鸕鶿相看亦慰情。何日雛烏能返哺，聊湔煢獨不祥名。

比爲詩魔所累書以自戒

誰把詞場作戰場，心兵各自淬鋒鋩。儘逢大敵重圍合，那有堅城一面當。臨陣未交愁曳白，豐功已奏怕雌黄。新添戒律從詩起，甘苦今教味兩忘。

本無瀟灑出塵襟，勉逐騷人事苦吟。獨繭抽絲縈寤寐，長鯨跋浪費攀尋。方知習氣能妨道，但有思維總累心。便道詩工了何益，由來藏拙是良箴。

張帶耕性素恬淡，今蒔花木，詩以調之

襟懷淡定厭繁華，座擁春風啓絳紗。忽學風流耽選艷，竟排日課癖栽花。飄茵墜溷情何限，抱瓮携鋤興有加。地比小園還更小，子山自向賦中夸。

帶耕和詩自解，次韵懺謝[一]

老去情同宿草腓，蒔花種竹久忘機。偶嘗佳趣原知好，太損精神轉覺非。取次芝蘭生玉砌，時未有子。幾多桃李列金扉。樹人早擅生春手，餘事觥觥敢浪譏。

[一] 目録「懺謝」原作「言懷」。

五十生日自述

行年五十祗蹉跎，壯不如人況老何。一劫殘齡朋輩少，四朝舊吏見聞多。予自道光季年筮仕，今光緒改元，計歷四朝。世風變幻紛差别，體性遷流極刹那。草草浮生原過客，棲神久已在須摩。

摧殘烽火又江湖，落魄還鄉困守株。來日可能勝去日，故吾容或遜今吾。頻年久置催詩鉢，盡室皆持念佛珠。怪底狂心頓消歇，窮愁煆煉抵洪爐。

前塵何事不浮雲，贏得新霜兩鬢紛。甲子泥塗殊有靦，姓名草木竟無聞。枕邊久泯繁華夢，筆底猶珍綺麗文。五十年來彈指過，一身榮悴恰平分。

伯玉名賢孰敢希，差知四十九年非。光陰白璧荒嬉度，世業青緗喪亂揮。身被習牽饒故態，心隨境縛鮮新機。殷勤望古增三嘆，瘦影秋鐙獨掩扉。

蕭蕭槭槭聽秋聲，鬱鬱襟懷撥不平。世味愈諳將愈厭，年華堪惜更堪驚。備嘗艱阻成孤立，長悔因循誤一生。遮莫勵精圖晚蓋，羸軀難與病魔争。

重重悲恨儘塡膺，喚起觀濤病未能。强理虀鹽慵不耐，遍調藥餌驗無憑。身前骨肉三更夢，兵後生涯一片冰。猶喜年豐人易給，次山不用賦舂陵。

雍門琴裏滌煩囂，冷祚無霜也自凋。浪説買臣纔仕進，那堪燭武已精銷。迂謀局外籌鄉國，梵課閑中閲暮朝。識得南華齊物論，眼前何處不逍遥。

瞞却今朝覽揆期，未能免俗暗裁詩。含飴哺子兼爲母，治具酬賓欲問誰。陳迹蒼茫泥雪在，素心掩抑水雲知。不材一笑同樗散，養拙居然益壽資。

春寒苦雨，二月杪梅花與桃李同開感賦

未能調鼎亦徒然，偃蹇何爭一着先。早愛冰霜常戛骨，晚開桃李忽隨肩。遠凌節序占風信，深護簾帷讓水仙。但遇嚴寒無暫霽，誰言微力可回天。

張書田見題拙藁，次韵言懷

風塵鋒鏑減容光，歲歲清齋似太常。詩句每從愁裏得，雲山恰悔過來忙。安身早讀西方論，愛我頻傾北海觴。他日與君聯白社，一瓶秋水一爐香。

往事何能問大雄，文章惟是哭秋風。但營白板支禪榻，甘老青山種早菘。一劫滄桑輸晚福，滿門儒雅羨宗工。清襟忽被酸吟感，心事雖同境不同。

各處鍾馗過多無處可懸戲題

癘至何曾能捍禦，時清又復耀冠裳。已無門户堪容汝，猶索錢財到遠鄉。潦草形骸輸木偶，迷離眼目怒金剛。無功有過徒尸位，逐爾真爲祓不祥。

按：吾鄉舊俗，凡所居左近有寺觀祠廟者，其住持或廟祝於每歲端午必送鍾馗一紙，懸之户庭，示祓不祥，居民報以錢或米若干，廟祝等利之，紛紛持送，殊堪發噱。此俗至今尚存。

此詩佳絶，非但形容盡致，而且寄托遥深。蓋當世官吏害民病國則有餘，禦灾捍患則不足，寇至則先去以爲民望，寇退則捲土重來，磨牙吮血，必吸盡脂膏而後已。能去此輩即爲祓除不祥，惜端午送鍾馗事僅吾鄉有此陋習，他處恐未必同。故略爲疏解，以明事實，並以見作者有深意焉。

和張書田久雨見懷

淋漓十日聽無憀，釜底生魚爨斷樵。一似天河齊下注，何曾暴雨不終朝。東鄰西舍驚墻塌，北里南疇困水漂。端爲詩人助詩興，明珠十斛瀉如潮。

中秋

清光滿照碧雲端，蕭散中宵獨自看。最是一年輪皎潔，已曾三度負團欒。聊持斗酒酬佳節，可向衡門賦考槃。坐久不禁秋氣早，娟娟風露做新寒。

五言絶

别意

欲去如何去，欲留胡可留。固知腸已斷，不敢泪先流。

由河口至玉山，水枯换舟

舟小如車坐，江枯似陸行。西風勤送客，天意惘羈情。

七言絶

紀夢

十月賊又大至，余大創之餘，益不能堪。長歌可以當哭，變徵不復成聲。體托游仙，事徵紀夢。

電裏春秋管裏天，夢中所作僅憶首句。瞢騰一覺小游仙。紛紛事迹模糊紀，銷却爐香一寸烟。

雲錦仙衣曳體輕，天風徐度步虚聲。月明露湛迢迢夜，尚有人能説姓名。

何時陰慘化陽舒，一霎風波溢地輿。上得三山最高頂，坐拈花片打鯨魚。

乾坤一色玉爲裝，洗盡紅塵渾有光。拾取梅花和雪嚼，心清透出冷中香。

薜帶蘿衣槲葉冠，飄然隨處訪金丹。蒼梧碧海都游遍，萬里蕭蕭一劍寒。

一輪明月最高峰，萬壑刁騷萬樹松。露坐不知天欲曉，霜華如雨染衣濃。

彌天劫火到崑岡，猿鶴驚逋草木荒。願倩麻姑弄狡獪，擲砂都化饋貧糧。

將星朗朗耀三台，跌蕩天門景運開。殺氣定知春氣掃，下方糜爛有餘哀。

絶糧

窮山深入太顛連，糧絶空餘翠釜懸。强説死生關大事，清宵多露履瓜田。

魏質齋觀察克復嚴州，賦詩紀績

孤軍半夜復名城，破竹奇勛唾手成。果是將軍天上降，先令遠敵讋威聲。

義軍血戰陣雲昏，捷報傳來萬馬奔。功在睦州波及婺，一時齊拜信陵恩。

荒原廢址遍生野桃，比來開花頗盛

嫣紅處處野桃開，狼藉何人好事栽。自是春風嫌冷淡，遍生穠艷雜蒿萊。

蕭索何心賞物華，也分春色到人家。猗那開遍桃千樹，休認河陽縣裏花。

瓊枝玉蕊盡消磨，艷冶春光減色多。新茁小桃高過屋，樹猶如此我云何。

郊行述感

熊咆虎嘯在東西，日暮孤行路復迷。艱險彭衙今再到，招魂剪紙有餘凄。

按：吾邑自遭兵燹後，尸骸遍野，穢氣薰蒸，瘟疫流行，死亡過半。入秋以來，又有獸患，獸類狗而大，俗稱狗熊，能白晝攫人，入晚尤甚，行人往來，非持械結隊不可。先生不知因何迷路，獨行郊外，頗感危險，故詩中有「熊咆虎嘯」等語，與平時散步郊原不同。此當在同治二年七八月間也。

見燕來紅

郊原今日又東風，壞瓦頹垣一望空。何處更堪巢燕子，滿山猶發燕來紅。

聞鷄

三年長夜寂無聲，枕畔今來喔喔鳴。細雨夢回歡起舞，此聲聞處是承平。

杜麗娘墓在南安郡署

巫山雲雨夢荒唐，腸斷當年杜麗娘。終古一坏官舍裏，紅愁緑怨幾滄桑。

梅嶺謁曲江祠

大庾關前古寺幽，曲江風度迴千秋。嶺南景物從兹認，先拜名臣第一流。

贛州

寒雨寒雲過贛州，滔滔章貢水雙流。今宵觸忤還鄉夢，明月雙溪萬里愁。

即景

曲曲江環積翠流，雨絲風片織成秋。烟波畫裏推篷望，無數奇峰一霎收。

樂昌道中

萬重濃翠壓篷窗，一片危灘吼石矼。仿佛舊游吟賞地，畫眉聲裏過桐江。

誰劃青山一髮開，巉岩争到逼人來。江流恰與愁腸似，曲曲何言只九迴。

雲連峭壁晝常陰，終古行人嘆毒淫。慷慨文淵亦凄黯，斷腸一曲武溪深。

穩過崎嶇十八灘，又穿九磜覆盂安。落帆一賽韓公廟，天險終非人厄難。

韓文公廟

昌黎祠畔荐蘋羞，磨羯隨身不自由。太息五窮無計送，却思將相快恩仇。公詩：「咄哉識路行勿休，往取將相酬恩〔一〕仇。」論者非之。人當困厄之極，自有此等憤語，古今殆一轍也。

〔一〕「恩」原訛「是」，據韓愈《劉生詩》改。

金鷄山

天鷄何年墮爲石，拔地昂霄迴絶倫。見説萬人曾托命，莫嫌瘦骨太嶙峋。賊亂時每次避此山，免者万餘人。

仙人橋感舊

仙人橋下泊舟時，曾見驚鴻顧影姿。十七年來人事改，江人重對不堪思。

風景依依似隔生，塵揚滄海幾虧成。仙橋流水重觀處，不改當年祇見精。

望鈐山臺在山頂嚴分宜讀書處

才華江孔擅詞章，一代權奸蔓草荒。惟有私恩被桑梓，鈐山猶占讀書堂。

冬至夜數夢先嚴慈

夢裏興衰與化俱，依依猶得任嬉娱。若教解訴人間世，地下還勞愧令狐。

名世文章付屬深，等閑亦共劫銷沉。悠悠往事無窮恨，第一難捫是此心。

避風

孤根何處借吹嘘，終古烟江計總疏。重碇危檣避風慣，此身一笑是爰居。

生年四十不如意，長路三千無順風。怪底石尤專昵我，累他千變太匆匆。

和江嶺雜詩

驅狼一夕滿郊坰，避地真無隙地停。露宿宵征逾百里，蒼黄逼入萬山青。

僻遠聊偷旦夕安，奈求粒米抵琅玕。飛騰飢火三千丈，不敵炎天子夜寒。

陰陰夏木衆山圍，赤日行天障翠微。三伏尋常彈指過，手中紈扇不曾揮。

城市花蚊利似錐，年年擬築露筋祠。山中夏夜凉如水，席地帷天了不知。

本山泉水本山茶，品味堪傳賞鑒家。日飲清茶清澈骨，飢腸難可語餐霞。

昨歲中元尚祀先，杯盤草草泪潸然。於今又届中元節，人鬼誰知兩禁烟。

山中一雨冷颼颼，何况於今又届秋。絮被棉衣無覓處，青蓑襲體抵珍裘。

賊焰逾年翻大亂，家人四處又重分。死生去向無消息，腸斷哀猿叫暮雲。

屢逢佳節又中秋，翹首烽烟尚未休。月自團圓人自缺，大光明裏懶抬頭。

深山大壑又搜牢，絶壁攀躋捷似猱。大地竟難容七尺，凄惶幾日伏蓬蒿。

吻中生火汗如漿，一歲煩蒸此日當。山外山間無幾許，天公毋乃太炎凉。

束薪齊逞郅都才，使氣尤矜灑死灰。浮薄炎凉何足异，且憑忍辱當消灾。

荆棘叢中被絮行，孑身太覺可憐生。穿窬心事阿旁面，禹鼎山經狀不成。

干戈遍地連三月，桎梏羈身過七旬。賊難平時魔難解，今朝一笑復爲人。

過洞庭

洞庭湖裏過迴環，湖水升沉指顧間。記得維舟堤柳上，祇今相望不能攀。

偶作

稻粱謀拙失巢栖，弱羽南來雲水迷。遠過衡陽無雁到，前途惟聽鷓鴣啼。

擬四時閨詞〔一〕

林花幾簇又春紅，蝶影蜂聲處處同。攬鏡自羞顏色褪，十年盛事過朦朧。

約鬟低珥晚涼天，暗卜歸期思悄然。行過荷塘還小立，幾時成藕幾時蓮。

踪迹迷茫望眼穿，尺書裁罷又重捐。秋來不是無鴻雁，欲把書傳阿那邊。

相思無路莫相思，偏又宵來夢見伊。霜重月殘天未曉，半床冰透綉羅幃。

〔一〕目録「擬」原作「儗」。

題廖紱臣雙蝶便面

日暖風恬景物賒，翩翩鳳子劇清華。栖香最是河陽好，桃李新裁一縣花。

金懋齋爲畫牡丹便面并題贈，次韵酬謝

牡丹初砑一枝紅，明艷穠香出化工。爲念窮途與嘘拂，知君腕下有春風。

三絶風流古鄭虔，名花寫贈意纏綿。道來富貴原珍重，省識塵容一惘然。

廖紱臣以詩贈行，次韵酬和

東風無力柳吹綿，臨别猶留數日緣。九十春光看欲盡，離懷鄉思兩凄然。

師門楚服昔來旬，萍迹飢驅拜謁頻。傾蓋與君成舊識，相期白首誼如新。石襄臣夫子開藩南楚，因再赴星沙，始與君締交。

一曲陽關贈柳條，終宵絮語欲魂消。回思十六年前事，五斗無干枉折腰。承敦勉出山，計余解組十有六年矣。

生來骨相自嶔巇，客路名場苦并知。風度羨君真灑落，了除官事即臨池。

却饋

溪毛行潦亦何嫌，瓊玖瓊瑶豈礙纖。敢蹈不恭因使却，免君傷惠我傷廉。

食波羅蜜

辛苦天涯計總疏，依然彈鋏食無魚。惟嘗一味波羅蜜，瘴海重來事不虛。

羊城端午

飛鴻爪雪印迷茫，佳節年年各一方。泥雪偶然陳迹在，五羊城下兩端陽。
丹荔黄蕉久并名，黄蕉終是盜虚聲。誰知至味波羅蜜，今古無人與品評。

粤東乘火輪船赴上海

此身親泛海無邊，目力窮時望窈然。不是白雲爲界畫，蔚藍水接蔚藍天。
木元虚後賦無從，貝闕珠宫不可踪。直把浮雲遥作岸，惟看巨浪矗成峰。
浪花雪擁柁樓奔，陣馬風檣未足論。渺渺青天低合水，更無一髮認中原。

無由淆濁永澄清，嫩緑柔藍百態生。不與江湖同氣概，越爲大器越聰明。

過嘉興

零星新屋綴江鄉，敗瓦頹垣蔓草荒。烟雨名樓何處是，空餘七十二鴛鴦。

過七里瀧

富春山下屢行舟，動遇江陰冷若秋。昨日單衫揮汗坐，過瀧例是着羊裘。

十九泉

在山清冽品無儔，泉亦人間第一流。何意茶經編十九，雲臺圖裏置羊裘。志載十九泉清美過揚子江心水，《茶經》列爲十九，不可解。

擬游峙鶴峰

爲采靈芝入翠微，名山宇内遍游歸。天風海水蒼茫處，崎鶴峰頭一振衣。

跨鶴來游峙鶴峰，重重雲海蕩吾胸。蕭寥四顧天連水，欲和長吟有萬龍。

題胡蓮洲同壽放生小照〔一〕

無畏施教脱網羅，年年功德不消磨。慈悲一念尤難量，海水何如掬水多。

世間行樂秖娱身，慧眼看來盡苦因。救苦衆生登樂境，如斯行樂樂方真。

〔一〕目録「洲」原訛「舟」。

題明妃出塞圖

茫茫大漠塞雲昏，玉貌貂冠慘黛痕。莫向琵琶訴哀怨，龍沙猶許勝長門。

題羅和軒小照

年來無處不烽烟，晏粲今逢劫外天。好似桃花源裏住，不知塵世變桑田。
小閣疏簾浄掃除，一家安樂是華胥。天涯剩有悲秋客，風雨蕭蕭夢故廬。

蘭溪

依然匝地溢閭閻，不信曾經劫火炎。成住壞空皆在眼，恍於法界悟華嚴。

見菊花作

一簇秋光户外看，嬌黄艷紫映朱欄。菊花品縱推高逸，人到清寒欲就難。

重陽

滿江風雨過重陽，破漏孤篷勢莫當。竟日滂沱知有意，不教羈客更思鄉。

除夜

今番竈熱不因人，略具盤飧算薦辛。四度歲除輸此夜，一家團坐語生春。今日始自炊爨。

歸來何處是吾門，俎豆陳時更斷魂。華表千年人化鶴，雖非城郭有兒孫。今歲始得設供祭先。

元宵看燈

銀花火樹又依然，回首承平近十年。争奈看燈無意緒，闌珊不是十年前。

花朝日

輕陰小雨度芳韶，閑把殘編破寂寥。耳畔聲聲啼布穀，爲傳時節到花朝。
韶光一半去逶迤，纔見夭桃一兩枝。寂寂頗憐花事晚，春寒自昔誤花期。

見桃花

照眼桃花萬樹紅，嬌酣猶自笑春風。分明萇楚詩人怨，寫向韶光浩蕩中。

三月廿九日宿城内〔一〕

韶光九十盡今宵，獨宿空齋境寂寥。怪我寒巖倚枯木，也因春去一魂消。

端午口占

五年難得一端陽，不受驚惶不异鄉。隨分盤餐無節物，世間最好是家常。

〔一〕目録原無「日」字。

閏端陽

金陵昨歲翦披猖，偷息游魂立覆亡。十五年來成浩劫，閏中秋到閏端陽。初有「來時雙八月，去後兩端陽」之謡，憶昨歲六月克復金陵，餘匪今存無幾，此謡似驗。

樓居

樓居三伏釜中炊，一夕秋風冷透肌。塵世炎凉原倚伏，最憑高處最先知。

蟬

炎炎赤日亘遥空，萬籟銷沉避祝融。惟有玄蟬偏倔强，聲聲知了火雲中。

七夕爲亡婦三七日

女牛斗變作商參，碧海青天怨不任。忽憶唐宮星下誓，故應知我此時心。

去年今夜渡錢塘，爲感天涯別緒長。萬里飄零歸有路，泉臺何處問稠桑。

歡娱幾度拜雙星，會少離多每涕零。七夕今逢三七奠，空陳瓜果在家庭。

年年此日倍思君，眼底新阡哭暮雲。倘許生離銷死別，絳河甘與一生分。

中元家祭

想像無時影與形，情深各爲轉金經。故新今日同歆格，知不蛾眉妒尹邢。

詞二首

高陽臺 傳聞浙警

綉幕風慳，瑣窗雨細，幾番欲斷羈魂。燕子呢喃，似言故國風塵。瀼西杜老行吟處，望杜陵、愁與雲平。恨彌漫，柳絮顛狂，飛滿江城。　紛紛往事今猶記，正雲山夢繞，湯火心驚。事到難圖，願他傳語非真。凄涼萬緒縈心曲，對東風、欲訴無因。更何堪，一劫殘棋，覆向枯枰。

賣花聲 與孫海門廖紱臣登樓雨眺即景

淅瀝雨聲粗，暮靄横鋪，倚樓平眺興何如。江疊烟波山積翠，一片模糊。位置好規模，密密疏疏，天然一幅米家圖。隨地會心原不遠，誰與臨摹。